KB017589

꽃사과 꽃이 피었다

꽃사과 꽃이 피었다

황인숙 시선집

문학세계사

□ 시인의 말

　1978년부터 2007년 사이에 쓰고, 문학과지성사에서 시집으로 묶여 나온 시들에서 골랐다.

　그 긴 세월 치고는 소출이 참으로 빈약한 듯해 허전하고 낯이 달아오르지만······.

　조금 서먹서먹하고, 그리운 마음으로 둘러본다.

　문학과지성사와 문학세계사, 시를 고르고 해설해 준 친구 박혜경에게 거듭 고마움을 전한다.

　다시 출발선에 선다는 결기를 다져본다.

　　　　　　　　　　　　　2013, 여름　황인숙

□ 차례

1 새는 하늘을 자유롭게 풀어놓고

2 슬픔이 나를 깨운다

3 우리는 철새처럼 만났다

6 리스본行 야간열차

1

새는 하늘을 자유롭게 풀어놓고

잠자는 숲

내 가슴은 텅 비어 있고
혀는 말라 있어요.

매일매일 내 창엔 고운 햇님이
하나씩 뜨고 지죠.
이따금은 빗줄기가 기웃대기도,
짙은 안개가 분꽃 냄새를 풍기며
버티기도 하죠.
하지만 햇님이 뜨건 말건
빗줄기가 문을 두드리건 말건
안개가 분꽃 냄새를 풍기건 말건
난 상관 안 해요.
난 울지 않죠.
또 웃지도 않아요.
내 가슴은 텅 비어 있고
혀는 말라 있어요.

나는 꿈을 꾸고
그곳은 은사시나무숲.
난 그 속에 가만히 앉아 있죠.
갈잎은 서리에 뒤엉켜 있고.
난 울지 않죠, 또 웃지도.
은빛나는 밑동을 쓸어보죠.
그건 딱딱하고 차갑고
그 숲의 바람만큼이나.
난 위를 올려다보기도 하죠.
윗가지는 반짝거리고
나무는 굉장히 높고
난 가만히 앉아만 있죠.
까치가 지나가며 깍깍대기도 하고
아주 조용하죠.
그러다 꿈이 깨요.

난 울지 않죠, 또 웃지도 않아요.

내 가슴은 텅 비어 있고
혀는 말라 있어요.
하지만 난 조금 느끼죠.
이제 모든 것이 힘들어졌다는 것.
가을이면 홀로 겨울이 올 것을
두려워했던 것처럼
내게 닥칠 운명의 손길.
정의를 내려야 하고
밤을 맞아야 하고
새벽을 기다려야 하고.

아아, 나는
은사시나무숲으로 가고 싶죠.
내 나이가 이리저리 기울 때면.

나는 고양이로 태어나리라

이 다음에 나는 고양이로 태어나리라.
윤기 잘잘 흐르는 까망 얼룩 고양이로
태어나리라.
사뿐사뿐 뛸 때면 커다란 까치 같고
공처럼 둥굴릴 줄도 아는
작은 고양이로 태어나리라.
나는 툇마루에서 졸지 않으리라.
사기그릇의 우유도 핧지 않으리라.
가시덤풀 속을 누벼누벼
너른 벌판으로 나가리라.
거기서 들쥐와 뛰어놀리라.
배가 고프면 살금살금
참새떼를 덮치리라.
그들은 놀라 후닥닥 달아나겠지.
아하하하
폴짝폴짝 뒤따르리라.

꼬마 참새는 잡지 않으리라.
할딱거리는 고놈을 앞발로 툭 건드려
놀래주기만 하리라.
그리고 곧장 내달아
제일 큰 참새를 잡으리라.

이윽고 해는 기울어
바람은 스산해지겠지.
들쥐도 참새도 가버리고
어두운 벌판에 홀로 남겠지.
나는 돌아가지 않으리라.
어둠을 핥으며 낟가리를 찾으리라.
그 속은 아늑하고 짚단 냄새 훈훈하겠지.
훌쩍 뛰어올라 깊이 웅크리리라.
내 잠자리는 달빛을 받아
은은히 빛나겠지.

혹은 거센 바람과 함께 찬 비가
빈 벌판을 쏘다닐지도 모르지.
그래도 난 털끝 하나 적시지 않을걸.
나는 꿈을 꾸리라.
놓친 참새를 쫓아
밝은 들판을 내닫는 꿈을.

원무圓舞

햇살이 무수한 방향으로 길을 떠나듯
저마다 다른 곳을 향하여 머리를 두고
누워 있는 우리.
저마다 다른 곳의 바람에 살갗이 터
숨쉬는 우리.
외롭다고 잠을 자는 우리.
잠 속에서도 만나지 못하는 우리.
간혹, 어떤 사람의 머리꼭지를 보고
보일 뿐인 우리.
물집오른 발바닥을 부딪히며
다시 저마다 다른 곳을 향하여 머리를 두고
누워
지쳐 숨쉬는 우리.

        1
어느 잠.

나는 아름다운 바다에 이르렀다.
해안의 절벽 위에서 나는 보았다.
릴낚시를 던지며 외치는 사람.
함성을 지르며 파도를 맞는 사람.
바다 끝을 물끄러미 바라보는 사람.
반짝이는 흰 돛단배를.

벌거벗은 바닷바람은 나의 마음을 끌어
나는 바위를 타고 내려갔다.
여느 갈매기보다 훨씬 작은 갈매기들이
끼룩거리며 날아올랐다.
바위는 죽은 갈매기와 깃털과 오물
그리고 빨아올려진 바닷기로 질척거렸다.
머릿속에 가까워지는 바다가 가득차
나는 무릎과 손바닥을 즐거이
더럽혔다.

바다는 조용히 나를 바라보았다.
유쾌한 사람들도 흰 돛단배도
본 적이 없는
적막한 바다는
가볍게 몸을 떨었다
나는 몸을 기울여 그를 어루만졌다.
나는 볕을 쪼이고 있는 작은 바위에 걸터앉아
햇살이 바람에 밀려오고 밀려가는 물결을 따라
바다 끝을 바라보았다.
산들산들 졸음이 불어왔다.
바다는 내 발등을 베고
순한 강아지처럼 잠들었다.

                2
그 해안에 들른 것은 우연이었다.

그래서 전혀 길을 모르겠다.
눈을 감고 나는 되뇌인다.
그곳으로 가자,
그곳으로 가자.

가끔 마부는 비슷한 곳에 데려다주기는 한다.
한 사람의 머리꼭지쯤은 보여준다.
하지만
유쾌한 사람들이며
흰 돛단배
하얀 파도가 감춘
고즈넉한 그 바다는
다시 못
만났다.

죽음의 춤

그건 가을날인데요.
햇살이 노릇노릇 졸고 있는
산중턱 무덤가인데요.
부들이 손짓하듯 나부끼는데요.
갈대도 억새풀도 나부끼는데요.
하늘과 산모롱 가득히
노란 깃털 파란 깃털이 흩날리는데요.
무덤의 주인들이 잠을 깨어나
가늘게 가늘게 눈을 뜨는데요.
아아 그런
가을날인데요.

웬 새가 쪼롱쪼롱 울며
날아가네요.

새를 위하여

우리는 서로 얼마나 닮았는가, 새여
그대 날개에 돋는 소름으로
땅거미를 지나칠 때
나무들은 둥지를 기울여 보인다.
일기장 갈피에서
잘 마른 시간이 너울너울 떨어져
부리 끝을 스친다.

나무를 지워버리렴.
그 둥지가 여기가 아니고
항상 저 너머인 나무.
항상 한 가지에서 다른 가지로
날으는 순간만 '여기' 일 새여.

내 굴 입구의 금빛 나무가 쓰러지며
내뻗은 검지손가락에

지평선이 걸려 터졌을 때
내가 방향을 버리고 고개를 쳐들었듯
그대, 나무를 지워버리렴.
글쎄, 그대가 왜 날개에 소름이 돋아
땅거미에 걸려 바둥거릴 것인가?
나무를 지워버리렴.
그러면 그대는
어디서나 자유.
한 나무에서 다른 나무로
둥지를 위해서는 날 것 없이
온 벽이 부드럽다.

아틀란티스
—바닷게의 노래

바다는 우리를 얼러 재워놓고
살그머니 일어선다.
나는 실눈을 뜨고 배웅한다.
밤이 유모처럼 저고리섶을 들어
입을 닦아준다.
아무리 배를 채워도 내 영혼은
거품을 뿜고 있다.
온통 바다의 소리를 향해.

거기에 바다가 있다.
거기에 바다의 유혹자가 있다.
나는 스스로 등껍질을 떼어내
팽개칠 듯이 그리웁다.
그러면 다시는 저 바닷소리를 듣지 못하리라.
그녀의 얼름도 받지 못하리라.
하지만 내일 새벽,

실성한 어미다운 미소를 띠고
달려오실 바다시여.
내 살은 남김없이 당신에게 돌아가고
내 넋은 당신의 소리가 될 것입니다.

내 머릿속에 나무 하나가

내 머릿속에 나무 하나가
그 뿌리를 억세게 뻗어
머리를 옥조이고
피를 흡빨고

향기 같은 것
잎새 소리 같은 것
가끔 그런 것이나 보내오고
꽃도 잎새도 없이

내 머릿속에 나무 하나가
그 뿌리만 억세게 퍼져
혀를 짓누르고
꿈을 지배하고

아, 나는

꿈속에서도 쉬지 못한다
한 치의 빈틈도 없이
내 머릿속에
나무 하나가.

로망스

1

바람은 불 만하니까 불겠지
그러니 불 만해야 불겠지
동굴처럼 열리는 바람
열릴 만하니까 열리겠지만
열릴 만해야 열리겠지만

종알종알 속살거린다 해서
비명이 아닌 건 아니겠지만
그는 태어나려고
고통스럽다
그렇지?

오, 열려라, 바람이여
고통스럽겠지만
이대로 잠들지 말아다오, 언어여

실어가에 나직이 자리잡은
존재여

         2
나는 안다.
내 문 앞에 그가 늘 기대어 있는 걸.
어쩌다 내가 문틈으로 내다볼라치면
그의 눈과 마주친다.
그러면 그는 꽥 소리를 지른다.
기쁘고 쑥스럽고 슬픈 목소리로.

나는 즐겁다.
그가 내 문에 기대어 있는 것이
그의 눈을 보는 것이
그와 잠깐 얘기를 나누는 것이
즐겁기도 하지만

그 모르게 살짝 외출을 다녀올 때
빈 방안을 하염없이 지켜보는
그의 등을 보는 것이
즐겁다.

비명碑銘

그 여자를 반듯하게
편히 뉘어도 좋다.
잊지 말아야 할 것은
그녀 가슴 위에 공책 한 권.
그리고 오른손에 펜을 쥐어
포개어 놓으라.

비바람이 뚫고 햇살이 비워낸
두개골 속을
맑은 벼락이 울릴 때,
그녀 오른팔 뼈다귀는
늑골 위를 더듬으리.
행복하게 삐거덕거리며.

복 받을진저, 진정한 나무의

오, 집어치우자, 갈참나무를.
단풍나무를, 오동나무를.
우리가 어느 나무의 몸을 통해 나온 욕망인가를.
욕망이면 욕망이었지, 집어치우자.
십대의 나무를, 이십대의 나무를.
무엇보다도 불혹의 나무를.
복 받을진저, 진정한 나무!
의지와 욕망과 해방으로부터 해방된
의지의 나무, 욕망의 나무여.
수액은 나이테를 둥글게 하고
이파리를 꿈틀거리게 한다.
그대의 소중한, 생명의 대롱은 찰랑거린다.
*푸른 내 나이 몰아가는 힘이
꽃을 피우는 힘에 몰리고 있다.
복 받을진저, 진정한 나무의
이마에서 뛰는 심장의

혈기방장한 이파리들!

* 푸른 도화선 속, 꽃을 몰아가는 힘이
  푸른 내 나이 몰아간다. 나무뿌리 시들리는
  힘이 나의 파괴자다.   ─딜런 토머스

그가 '영혼'이라고 말했을 때

그가 '영혼'이라고 말했다.
가을 햇살 속에 떨어지는 첫눈처럼
이국어처럼
이국에서 듣는 모국어처럼
그것은 부드럽고 신선하게
내 귀에 스며든다.

방금 지나가는 노란 택시는
이 순간 고요하고 투명하다.
덜컹거리며 들어서는 외기를
햇살은 감싼다.
햇살은 또 내 가슴속으로
출렁거리며 들어와 순식간
나의 영혼을 일구어
외기로 범람시킨다.

커피잔과 흰 탁자와 유리창, 바깥 거리가
물 속에서처럼 흔들린다.
어떤 말 속에서 우연히
그가 '영혼' 이라고 말하자
가랑잎들은 동요하여 되뇌인다.
'영혼' '영혼' 이라고.

그가 '영혼' 이라고 말했다.
그 말은
야, 되게 신!
오렌지처럼 향기로운 햇빛!
피에 산미를 더해주는 바람!
나의 피톨들은 햇살을 가르고
수억 개의 팔랑개비처럼 돌아간다.

우리 세대의 불감증

1

눈물의 기억의 부스러기, 눈물의 추상, 개념의
가루 같은 것을 쉿내나는 수돗물에 녹여,
녹지 않길래 난로에 올려놓고 데워,
도 녹지 않길래. 라면을 끓인다.

내 흉곽은 사정없이 갈라져
스웨터 위로 먼지가 풀썩거리는데
아프지도 않다.
하늘엔 풍성한 구름.

먼 훗날, 남한강 하류에 쌔고쌘
돌밭을 하릴없는 사람 하나가
헤집고 다니다가 우뚝 멈춰 생각하기를,
자연의 이 오묘함,
아닌 것 같기도 하고,

돌밭을 거닐다가
불멸의 돌. 오묘한 자연의,
아니, 아냐. 나는 쌔고쌘 돌로
닦이고 닦이고 닦일 것,

이런! 아프지도 않다.

2

문득 깨어나
목 없는 사내와 사랑해볼까?
그건 가능한 일.
용광로 속에 몸을 던져라.
머리는 기포처럼 투명하게 비워두고.

목 없는 사내, 혹은 손 없는,

성기 없는 시대와의 정사.
즐거우신가?
나의 詩의 마스터베이션.
오, 제발!
기교? 이건 기교 차원도 아니고,
나무토막이다. 당연히
나는 나무토막이다.
이 환멸스런 사랑, 망측한 사랑,
이 시대의 불감증.

나는 젊고, 나는 sexual하다.
보라! 취할 수 있는 쾌락을 찾는
내 눈이 바늘 끝 같지 않은가!

나는 그대와의 사랑을
원하고, 원하고, 원하노라.

연하 카드

알지 못할 내가
내 마음이 아니라 행동거지를
수전증 환자처럼 제어할 수 없이
그대 앞에서 구겨뜨리네.
그것은, 나의 한 시절이 커튼을 내린 증표.

시절은 한꺼번에 가버리지 않네.
한 사람, 한 사람, 한 사물, 한 사물
어떤 부분은 조금 일찍
어떤 부분은 조금 늦게

우리 삶의 수많은 커튼
사물들마다의 커튼
내 얼굴의 커튼들

오, 언제고 만나지는 사물과 사람과

오, 언제고 아름다울 수 있다면.

나는 중얼거리네. 나 자신에게
그리고 신부님이나 택시운전수에게 하듯
그대에게.

축, 1월!

2
슬픔이 나를 깨운다

바람 부는 날이면

아아 남자들은 모르리
벌판을 뒤흔드는
저 바람 속에 뛰어들면
가슴 위까지 치솟아오르네
스커트 자락의 상쾌!

몽환극

쑥향과 유황향과 치자향과 인삼향,
장미향과 발삼향과 박하향과 오이향,
올리브향, 우유향, 계란향의 안개를 뚫고
한 노파가 걸어온다.
네 개의 욕조를 가득 채우고
천장까지 활짝 핀 물 속에서
엉거추춤,
저 가뭄! 영원히 해갈될 수 없는 대가뭄.

나는, 마침 빈 내 옆자리에
그를 위해 깔개 의자와 물그릇을 놓아주지만

그의 늙음은 가히 주술적이다. (잿빛
상고머리와 수건이 든 비닐봉지로 위장하고 있지만)
뙤약볕의 개구리처럼
끔찍하게 마른 사지, 오그라는 젖퉁이

눈꺼풀은 돌비늘, 눈알을 덮고
나무 옹이 같은 입.

바라보는 것만으로도,
네 젊음을 나에게
쬐끔만 다오, 라는 말을 듣는 듯.
돌비늘 틈의 섬광, 나뭇골에 새는 바람.

─이런 노인을 혼자 욕탕에 보내다니……
팔둘레에 비누 거품을 레이스처럼 단
왼쪽 자리의 여자가 중얼거리고
노파는 찔꺽찔꺽 물을 끼얹는다.

나, 덤으로

나, 지금
덤으로 살고 있는 것 같아
그런 것만 같아
나, 삭정이 끝에
무슨 실수로 얹힌
푸르죽죽한 순만 같아
나, 자꾸 기다리네
누구, 나, 툭 꺾으면
물기 하나 없는 줄거리 보고
기겁하여 팽개칠 거야
나, 지금
삭정이인 것 같아
피톨들은 가랑잎으로 쓸려다니고
아, 나, 기다림을
끌어당기고
싶네.

자정 지나 남산

자정 지나 남산.
숲의 냄새, 냄새의 숲에
깊이 빠졌다.
달리는 택시,
향기의 고무줄총에 쟁여진다.
곧 튕겨져
뒤로 날아갈 듯.

날아갈 듯, 나의 영혼아.
그렇게 빨리 지나가지 마.
자정 지나 남산.
천천히 걷고 싶다.
차도까지 몰려나와
쏘다니는 숲의 정령들.

꽃사과 꽃이 피었다

꽃사과 꽃 피었다.
계단을 오르면서 눈을 치켜들자
떨어지던 꽃사과 꽃
도로 튀어오른다.
바람도 미미한데
불같이 일어난다.
희디흰 불꽃이다.
꽃사과 꽃, 꽃사과 꽃.
눈으로 코로 달려든다.
나는 팔을 뻗었다.
나는 불이 붙었다.
공기가 갈라졌다.
하! 하! 하!
식물원 지붕 위에서
비둘기가 내려다본다. 가느스름 눈을 뜨고.

여덟시 십분 전의 공중목욕탕 욕조물처럼
그대로 식기 전에 누군가의 몸 속에 침투하길 열망하는
누우런 손가락엔
열 개의 창백한 손톱 외에
아무것도 피어 있지 않다.
내 청춘, 늘 움츠려
아무것도 피우지 못했다, 아무것도.

꽃사과 꽃 피었다.

슬픔이 나를 깨운다

슬픔이 나를 깨운다.
벌써!
매일 새벽 나를 깨우러 오는 슬픔은
그 시간이 점점 빨라진다.
슬픔은 분명 과로하고 있다.
소리 없이 나를 흔들고, 깨어나는 나를 지켜보는 슬픔은
공손히 읍하고 온종일 나를 떠나지 않는다.
슬픔은 잠시 나를 그대로 누워 있게 하고
어제와 그제, 그끄제, 그 전날의 일들을 노래해준다.
슬픔의 나직하고 쉰 목소리에 나는 울음을 터뜨린다.
슬픔은 가볍게 한숨지며 노래를 그친다.
그리고, 오늘은 무엇을 할 것인지 묻는다.
모르겠어…… 나는 중얼거린다.

슬픔은 나를 일으키고
창문을 열고 담요를 정리한다.

슬픔은 책을 펼쳐주고, 전화를 받아주고, 세숫물을 데
워준다.

그리고 조심스레

식사를 하시지 않겠냐고 권한다.

나는 슬픔이 해주는 밥을 먹고 싶지 않다.

내가 외출을 할 때도 따라나서는 슬픔이

어느 결엔가 눈에 띄지 않기도 하지만

내 방을 향하여 한 발 한 발 돌아갈 때

나는 그곳에서 슬픔이

방안 가득히 웅크리고 곱다랗게 기다리고 있음을 안
다.

밤, 바람 속으로

저 바람 소리 좀 봐!
나무들 마법이 풀려
저 속을 달릴 거야.
저 쉴새없이 덜컹이는
문소리 좀 봐.
칙칙한 고요를 떼밀고
계단을 올라오는 소리 좀 봐.
나, 나가볼 테야.
나무들 숨가쁘게 달리는
그 복판에 나서볼 테야.
뚫린 거리를 관 삼아서
수자폰을 불어볼 테야.
발끝까지 허리를 접고
머리가 시도록 불어볼 테야.
아하하 거리가
부르르 떨 테지.

나무들은 즐거워서
진저리를 칠 거야.
나를 가랑잎처럼
불어버릴 거야.
오, 나의 허약한 다리,
비틀거리면서도 유쾌하게!

두 개의 문

아버지, 그 집에
문이 두 개 있었다면
얼마나 좋았을까요?
당신의 문은 여닫힐 때
너무도 완강한 소리를 냈어요.
섣불리 바스락거릴 수 있는 건
나무들뿐인 것 같았어요.
방안에 누워 나는
참 많은 문을 냈었지요.
당신의 귀가 미치지 못할
그 문을 절대로 꿈꾸었지요.
나는 겁이 많아
대들기는커녕 난
당신 미간이 조금만 구겨져도
갈갈이 마음에 피흘렸지요.

밤이면 길들이 몸을 풉니다.
바람이 따뜻하게 타오릅니다.
나는 밤나들이를 좋아하는데요.
사내애와 함께가 아니라도요.
아버지 주무시지 않고
날 기다립니다.
그때, 아버지,
사랑으로였는지요?

아버지, 당신이 영 모를 곳에
소리도 나지 않고 흔적도 없는
나만의 문이 그 집에 있었다면
얼마나 좋았을까요?
우리는 서로 얼마나
상냥할 수 있었을까요?

살금살금 담을 넘어
나는 아주 달아나려고 했었는데요.
밤은 끝없이 펼쳐집니다.
아버지 날 기다리지 않고
주무십니다.

3
우리는 철새처럼 만났다

우리는 철새처럼 만났다

우리는 철새처럼 만났다.
무관심의 빵조각이 퉁퉁 불어 떠다니는
어딘지 알 수 없는 음습한 호수에서.
자기 자신이 누군지도 모르고,
우리는 철새처럼.

플라타너스야, 너도 때로 구역질을 하니?
가령 너는 무슨 추억을 갖고 있니?
나는 내가 추억을 구걸했던 추억밖에 갖고 있지 않다.

그래서
굴욕스런 꿈속에 깨어 있다 잠이 들고
자면서도 나는 졸리웠다.

더 이상 세계가 없는

우유를 마시다가 잔에 금이 간 것을 본다

이걸 버릴 수 있겠군
이젠 버릴 수 있어
가차없이

우유잔을 치워버리니
내 방이 그 잔만큼 더
넓어진다

도발되어 나는
책상 서랍을 뒤집는다
옷장을, 화장대를 뒤집는다
샅샅이
그들은 떨고 있다
자신에 금이 갔는지 안 갔는지
알 바 없고 알지 못하면서

더 이상 볼펜이 아닌 볼펜
더 이상 달력이 아닌 달력
더 이상 편지가 아닌 편지
더 이상 건전지가 아닌 건전지

더 이상 메모가 아닌 메모

더 이상 향기가 아닌 향기를 풍기며
병 속의 꽃은
목까지 죽이 되어
그러나 얼굴은 극단의 건조를 보이고 있다

뿌옇게 버캐진 거울 속에서
나는 영정처럼 내 방을 내다본다

때때로 그들도 돌아올까?

거대한 아가리

나는 죽은 그이들의 사진을 본다
잡지와 새로 나온 책
벽보판 위의 신문에서
나는 낯설게 그이들의 낯익은 얼굴을 본다
문득 그이들의 말이 활자체로 떠오른다
쉼표, 따옴표, 마침표, 물음표…… 지나간 말들

목소리, 목소리, 말의 초록물
돌아오지 않는다
까마득한 구름, 목소리의 입자들
비가 되어
떨어지지 않는다

나는 손바닥을 입에 대고
아아! 아아! 소리쳐본다
바람은 참으로 재빠르구나

따뜻한 입김, 그 목소리
까마득히 날아가버렸다

나는 홀연 뼈다귀처럼
인적 없는 바람 속에 던져진다

그립고 낯선
목소리의 망령들, 목소리의 납골당, 그 난바다.

11월

달이
빈 둥지처럼 떠 있다.
한 조각씩 깨어져
흘러가는
강얼음 같은 구름 사이에.

그곳에서
내 손은 차가웠다.
내 가슴도, 배도, 다리도, 발도 차가웠다.
내 입술은 차가웠다.
콧등도 각막도 눈썹도 이마도 차가웠다.
머리카락도 차가웠다.
뱀인 나의 피는 얼어가고 있었다.
달빛이 한기로 가득찬 그곳에서.

나는 밤 속에서도 응달에서

영원히 그 곁을 벗어날 것 같지 않은
낡은 달을 본다.
이제는 더 이상 추억을 지어내지 못할
죽은 새의 둥지를.

산책

플라타너스를 손바닥으로 두드리면
내 손바닥이
텅. 텅. 텅. 울린다.
텅. 텅. 텅. 텅. 텅.
텅. 텅. 텅.
검은 맨드라미, 노란 금잔화, 쓰러진 화단 옆을
텅텅거리며 걷는다.

거기, 누가 바스락거리는 거야?

바람이 내 몸을 만진다.
내 피가 모래처럼 쓸린다.
나는 가만히 쓸리어진다.

거기, 누가 바스락거리는 거야?

플라타너스는 차갑고 맨질맨질하고 까칠까칠하다.

나는 플라타너스를 손바닥으로

텅. 텅. 텅. 두드린다. 가로등을 텅. 텅. 텅. 두드리고

쓰레기통을 텅. 텅. 텅. 두드리고 오토바이를 텅. 텅.

텅. 두드린다.

보도 블록은 발 아래서 텅텅거린다.

달도 공중에서 텅텅거린다.

거기, 누가 바스락거리는 거야?

삶의 시간을 길게 하는 슬픔

나이는 서른다섯 살.
가을도 저물어 시린 바람이 안팎으로 몰아친다.
이제는 더 이상 청춘도 없다. 사랑도.
밤은 막막, 낮은 휑휑.
그렇지만,
죽음보다는 따뜻하다.

앙다문 이빨.
눈꺼풀 저 구석에 지그시 눌러둔
쓰라린 눈알.
억울해? 억울하지.

억울함을 딛고 비참을 딛고
생이 몰아치는 공포를 딛고
딛고, 딛고!

오, 추락하는 꿈으로도
오, 따분한 꿈으로도
오, 처량한 꿈으로도
비비틀리는, 푸드덕거리는
몸은 작열한다!

죽은 몸에는
눈먼 꿈도 깃들이지 않는다네.
당신을 저버린 연인이 무섭게 차갑다고?
죽음보다는 따뜻하다.

혼선―바람 속의 침상

그것은 내가 알 것 같은 목소리였다.
──쓸쓸해요.
──아무 말도 하지 말아.
　　그냥 가만히 있으면
　　쓸쓸함이 전해져와.
　　이렇게.
그리고 그들은 아무 말도 하지 않았다.
쓸쓸,
쓸쓸함이
전화선을 타고 오간다.
쓸쓸,
쓸쓸함이
쓸쓸, 쓸쓸,

그리고 너희는 아무 말도 하지 않았다.
침묵의 잇바디 아리땁구나.

전화선의 긴 그림자 금을 옮기는
달빛 아래
포석 위에
반쯤 베어먹힌 쥐의 몸통처럼
없는 머리가 자꾸 아프고
없는 얼굴로 흐느껴졌다,
나는 데굴데굴 달아나면서
징징거리며 노래한다.

　　너희는 아무 말도
　　쓸쓸, 쓸쓸함이
　　쓸쓸, 쓸쓸함이

조깅

후, 후, 후, 후! 하, 하, 하, 하!
후, 후, 후, 후! 하, 하, 하, 하!
후, 하! 후, 하! 후하! 후하! 후하! 후하!

땅바닥이 뛴다, 나무가 뛴다,
햇빛이 뛴다, 버스가 뛴다, 바람이 뛴다.
창문이 뛴다, 비둘기가 뛴다.
머리가 뛴다.

잎 진 나뭇가지 사이
하늘의 환한
맨몸이 뛴다.
허파가 뛴다.

하, 후! 하, 후! 하후! 하후! 하후! 하후!
뒤꿈치가 들린 것들아!

밤새 새로 반죽된
공기가 뛴다.
내 生의 드문
아침이 뛴다.

독수리 한 마리를 삼킨 것 같다.

추운 봄날

요번 추위만 끝나면
이 찌무룩한 털스웨터를 벗어던져야지
퀴퀴한 담요도 내다 빨고
털이불들도 걷어치워야지.
펄렁펄렁 소리를 내며
머리를 멍하게 하고 눈을 짓무르게 하는 난로야
너도 끝장이다! 창고 속에 던져넣어야지.
(내일 당장 빙하기가 온다 해도)

요번 추위만 끝나면
창문을 떼어놓고 살 테다.
햇빛과 함께 말벌이
윙윙거리며 날아들 테지
형광등 위의 먼지를 쿵쿵거리며
집터를 감정할 테지.

나는 발돋움을 해서

신문지를 말아쥐고 휘저을 것이다.
방으로 날아드는 벌은
아는 이의 영혼이라지만.
(정말일까?)

아, 이 어이없는, 지긋지긋한
머리를 세게 하는, 숨이 막히는
가슴이 쩍쩍 갈라지게 하는
이 추위만 끝나면
파마 골마다 지끈거리는
뒤엉킨 머리칼을 쳐내야지.
나는 무거운 구두를 벗고
꽃나무 아래를 온종일 걸을 테다.
먹다 남긴 사과의 시든 향기를 맡으러
방안에 봄바람이 들거나 말거나.

벌써 사월인데!

부푼 돛

바람 소리를 들으니 가슴이
돛처럼 부풀고 설렌다
창 너머로 밖의 것들이
구겨지고 부서지고 부딪치고 떨어지고
왈그락거리고 덜컹거리는 소리가 들린다.
비명을 지르며 홈통이 꺾인다.
바람은
무심히, 악의도 없이
몰아치고 몰아간다.

땅 가까이는 말하자면
바다의 수면이다.
세간살이의 잔해가 파도에 휩쓸린다.
그보다 높이, 새의 높이쯤에서
바람은 저희들끼리 불어가며
저의 순수함을 즐기고 있다.

그리고 구름 너머 까마득한 높이에
깊은 바람이 고여 있는 것이다.
그곳에는 지느러미도 눈도 없이
해와 달과 별들이 떠다닌다.

바람은 기세가 등등하다
배들은 삐걱거리고 끽끽거리고 펄쩍펄쩍 뛴다.
바람 속에 나가 있는 사람의 외치는 목소리가
가뭇 삼켜진다.
꽃나무들은 바짝 얼었겠다.
나는 새 높이쯤의 바람 소리를 듣는다.
자, 머리를 질끈 묶고
뛰어들어볼까나.

바람 소리를 들으면
가슴이 설레어
돛처럼 부푼다.

모든 꿈은 성적이다

나는 터덜터덜
잡초가 함부로 자란 길을 걷고 있었다.
하늘엔 암소 구름이 굼뜨게 움직이고 있었다.
목이 좀 마른 듯했다.
그 아름 고목 밑동은
이 빠진 항아리처럼 덤불 속에 던져져 있었다.
무엇이 움직이는 듯해서 나는 다가갔다.
고목 밑동에서 잔가지가 자라났다.
갈색 사슴이 고개를 내밀었다.
그 사슴의 한쪽 눈은 나무 옹이로 되어 있었다.
반은 나무인 사슴이 비비적거리며 나무 구멍 속에서
몸을 일으켰다.
가슴이 드러나자 나는 그것이 올빼미인 것을 알아챘
다.
푸드덕거리며 올빼미는 날아올랐다
날아가는 것을 보면서

나는 그것이 사슴이라는 것을 깨달았다.

나무 옹이 눈을 가진 사슴은 나를 한번 힐끗 돌아보고

절뚝거리듯이 날아, 뛰어 달아났다.

사방이 찌르듯 조용했다.

내 얘기를 들으신 프로이트 선생님께서는

자신만만하게 풀이하신다.

"모든 꿈은

성적인 것이야"

단성사 근처

핫 댄스 곡이 꽝꽝 울리는

복작복작한 커피점에서.

소풍

무언가 내 머리를 툭 친다.
나는 눈을 뜬다.
자그마한 새알 껍질!
핏자국이 채 마르지 않았다.
나는 목을 뻗어 둘러본다.
나무들이 수런거린다. 둥그렇게, 숨결 고르게.
초록 꼭대기의 하양 끝까지.
초록 속의 까망 끝까지.

바람은 아스팔트 위의 새알 껍질을 굴리고
나뭇가지 속에서 갓난 새의 젖은 깃털을 말린다.

이 나무 저 나무 옴팡진 곳에서
피어나는 새들.
날아다니는 꽃잎들.
새의 노랫소리를 듣고

나무는 울창해진다.
이제 막 홀랑 껍질을 벗고
어리둥절 어지러울 오월생아!
축하한다!

라일락꽃 향기가 지저귄다. 은방울꽃 향기가 지저귄다.
이름 모를 향기들이 지저귄다.
햇빛이 깔린
나무 사이의 복도처럼
길게 뻗은 길.

나는 실없이 행복하다.
나는 막 한 발을
햇빛 속에 쳐든다.

지붕 위에서

나는 드디어 소원을 이뤘노라
발가벗, 지는 못했지만
하나 가득 바람을 채워놓고
맨하늘을 향해 대자로 누워
눈길을 하염없이 가게 두는 것

별이 하나 둘 세 개
네 개 다섯 개 여섯 일곱 여덟 개
빨랫줄 사이에서 흔들리며
잘 마르고 있다
한 옆에서 달은
부표인 척 떠 있다

아무것에도 닿지 않은 바람이
하늘에서 곧장 흘러 떨어진다
끝없이 뱃전에 와 부딪는 물결처럼

바람은 내 몸에 와 부서진다
바람은 달에 가 부서진다
무성한 바람의 이파리들이
층층이 켜켜이 부딪친다

아, 나는 옛부터의
달의 마법을 믿노라!
나는 한 흥얼거림을 듣는다
먼 곳에서 그는 노래하고 있다

달려라, 바람아!
저 친근하고 서늘한
노래하는 머릿속으로
나를 몰아가주려무나.

이 순간 나는
자랑스럽게 씻겨져 있노라.

진눈깨비 1
—죽은 벗에게

유리창 저쪽
맑게 개인 저편

감기지 않는 눈

우리 다시 만날 때
너는 나를 기억할까?
내가 너를 기억할까?

3월,
벗을 수 없는 추위.

4
나의 침울한, 소중한 이여

말의 힘

기분 좋은 말을 생각해보자.
파랗다. 하얗다. 깨끗하다. 싱그럽다.
신선하다. 짜릿하다. 후련하다.
기분 좋은 말을 소리내보자.
시원하다. 달콤하다. 아늑하다. 아이스크림.
얼음. 바람. 아아아. 사랑하는. 소중한. 달린다.
비!
머릿속에 가득 기분 좋은
느낌표를 밟아보자.
느낌표들을 밟아보자. 만져보자. 핥아보자.
깨물어보자. 맞아보자. 터뜨려보자!

영혼에 대하여

1

순수한 영혼과 타락한 현실간의 대립이
환멸, 이라는 책을 읽었다.
그것이 뭐가 환멸이야? 자랑이지.
타락한 영혼과 순수한 현실, 의 대립, 이야말로,

하긴 순수한 영혼아, 네가 어찌 환멸을 알겠니?

2

영혼이라는 게 몸 안에서
불덩이처럼 굴러다니고 있다고 생각하면
멀미가 난다.
속이 울렁거려.
토할 것 같아. 영혼이든 뭐든.

나는 영혼이

나뭇가지를 샅샅이 훑고 다니는
바람이라면 좋겠다.

채춘採春

그젯밤쯤에 누군가가
이 계단에 피를 쏟았다.
뻘건 페인트 같은 핏자국.
어쩌면 핏자국같이 보이는 페인트.

지금은 대낮인데도
이 계단을 비추는 보안등이 켜 있다.
가끔, 밤인데도 꺼져 있기도 한다.
그리고 하늘에는 낮밤 가리지 않고
달이 떠 있는데
그 달까지 뚜벅 뚜벅 뚜벅
언제나 말라가는 개똥이 있다.

그 개똥의 주인은
피부병 같은 무늬의 털가죽
귀염성 없는 개이고

그 개의 주인은
등이 굽은 작은 노파.
그 둘이 가진 것이라곤
합해야 개와 주인밖에 없다.

그 둘은 같이 한 방향을 본다.
아까부터
중국집 배달원이 사람을 찾으며 두드리는
이웃집 대문을.
그 담장 너머로 비죽이
목련이 내다본다.

오월, 하고도 스무여드레

비둘기도 날 때는
제법 비둘기 같지가 않다,
는 생각을 하며 남산 계단을 내려간다.
내려가다 멈춘다.
나무들의 이파리들이
풍성히 떠는 파르르 소리에.

이파리에서 이파리로
가지 끝에서 가지 끝으로
파르르 떨림이 퍼진다.

혹시 무슨 말을 하고 싶은 걸까?
매우 유창한 듯도 하고
몹시 더듬는 듯도 하다.
오참, 내가 언제
잠시라도 나무들에게

귀기울인 적이나 있었다고.

그래도 혹시, 내게 무슨 말을 하려는 걸까?
아니면 무수한 고막을 일제히 떨며
내가 무슨 말을 하길 바라는 걸까?

카드 결제일, 연체, 이자,
자존심이 상해봐야 정신을 차린다구……
정신차려봐야 골치만 아프다.
아, 구질구질한!

나무들은 그저 비를 기다리는 거다.
비를 기다리는 나무들은 담담히
그런데 뭔가를 연민하고 있는 것 같다.
바로, 나를!

너는, 달을 아니?

엄마는 달콤한 바람도
바람에 흔들리는 나뭇잎도 안 보시고
자꾸 하늘을 보신다.
타박타박 걸으시며
자꾸 하늘을 보신다.

"저것 봐, 저게 뭐야?
자꾸 따라오네."
엄마는 구름을 슬쩍 걸친
달무리진 달을 가리키신다.
"엄마는!
달이잖아. 달, 달, 달도 몰라?"
나는 화가 난다.
달도 모르냐구!

달이, 휑한 달이

달무리에 갇힌 달이
엄마를 쫓아간다.

달, 달, 달이잖아.
달도 모르냐구!

달무리를 따라
엄마는 타박타박
겁먹은 얼굴로 걸어가신다.

나의 침울한, 소중한 이여

비가 온다.
네게 말할 게 생겨서 기뻐.
비가 온다구!

나는 비가 되었어요.
나는 빗방울이 되었어요.
난 날개 달린 빗방울이 되었어요.

나는 신나게 날아가.
유리창을 열어둬.
네 이마에 부딪힐 거야.
네 눈썹에 부딪힐 거야.
너를 흠뻑 적실 거야.
유리창을 열어둬.
비가 온다구!

비가 온다구!
나의 소중한 이여.
나의 침울한, 소중한 이여.

안녕히,

이 햇빛 속에 이제
그녀는 없다.
햇빛보다 훨씬 강한 것이
그녀를 데려갔다.

이제 더 이상 더 그녀를 저버리지 않아도 된다.
내가 너무 저버려서
그녀는 모든 곳에 있고
어디에도 없다.

저를 용서하세요.
당신이 이해할 수 없었던 것들,
당신을 이해할 생각도 없었던 것들,
무례하고 매정한 것들을.

그녀는 아무것도 가진 것이 없었다.

그녀가 무엇을 좋아했을까?
그녀에게 쥐어드려야 했던 것이 무엇이었을까?
아, 나도 무엇 하나 가진 것이 없었다.
마음조차도. 그녀에겐 마음이 있었는데,

그녀가 빈손을 맥없이 뻗어
죽음은 그녀의 손을 꼭 쥘 수 있었다.
아무도 잡아주지 않은 텅 빈 손으로
당신은 그 손을 꼬옥 쥐었다.

안녕히, 안녕히, 안녕히,
가세요.

지극히 속된 기도

거리마다 교회당이 있다.
하늘에는 달이 떠 있기도 하고
없기도 하다.
내가 가본 교회당들의 거리들.
거리들의 교회당들.
그 안에는 촛불들이 너울거렸다.
기도하는 눈꺼풀처럼.
달싹이는 입술처럼.

누군가 불 붙여놓은 촛불 앞에서
재빨리 기도한 적이 있다.
그 기도는 지극히 속된 것이었다.
근사한 시를 쓰게 해달라는 것,
약간의 돈이 생기게 해달라는 것,
또, 나를, 용서해달라는 것.

교회당 안은 조심스럽고 과묵한
그리고 눈 어둡고 귀 어두운 노인처럼
귀기울였다.

내가 가본 온 거리의 온 교회당들.
내 가슴속 거리의 창고에, 울릴까말까 망설이는,
울릴 수 있을지 없을지 모를,
종들을 쟁여놓은 그 교회당들.

나는 기도했었다.
무구한 빗소리를 품고 있는 회색 구름 아래서
알록 양산을 쓰고.

자유로

나는 아무의 것도 아니고
아무것도 아니라는
구절초처럼 빛나는 혈통에 대한
간도 쓸개도 없이

멍하니 기가 죽어 살고 있다.

나는 타락했다.
내가 아무의 것도 아니고
아무것도 아니라는
피의 계율을 잊었기 때문에.

독자적인 삶

그래,
어떤 이는 자기의 병을 짊어지고
자기의 가난을 짊어지고, 악행을 짊어지고
자기의 비굴을 짊어지고 꿋꿋이
그렇게, 아무도 따라오지 않을
자기만의 것인 것을
짊어지고, 쌍지팡이 짚고, 거느리고.

열이 활활 나는 삶의 손바닥으로

아아아, 니! 아니다!
이건 삶이 아니야.

아, 날것이여.
날것, 날것, 날것들이여.
나를 두들겨, 깨뜨려,
내 안의 날것을, 아직 그런 것이 있다면,
깨워다오.
이 허위인 삶을
쪼고, 쪼고, 물어뜯어다오.

그런데, 어디 있는가, 날것들이여.
내 뭉실한 삶이
거친 이를 가진 입이 되어
쩍 벌어진다.
질겅질겅 씹고 싶은 날것들이여.

꿀꺽 삼키고 싶은 날것들이여.
꿀꺽꿀꺽 삼켜 구토하고
배 앓고 싶은 날것들이여.

열이 활활 나는 삶의 손바닥으로
나를 후려쳐다오, 날것들!

목고리

내가 마시는 한 잔의 커피.
내가 보는 한 권의 책.
내가 거는 한 통의 전화.
내가 적선하는 한 푼의 동전.

그것은 내 피와 땀을 판 게 아니다.
그렇다고 불로소득도 아니지, 이 말은
불로가 아니라는 뜻이 아니라
소득이 아니라는 거지.
그것은 말하자면, 그러니까,
빚―이었다는 건데, 빚―그래,
영혼을 판 것, 같은 기분을 주는 것이지.
급기야
이제는 더 이상 팔 영혼도 없다는 걸 깨달았을 때,
내 영혼이라는 게 그렇게 값나가는 게
아니었다는 걸 깨달았을 때,

내가 평생 이 빚을
다 갚고 죽을 수 있을까?
생각하면 억장이 무너지는데
오, 또, 생각하면, 생각하면
생각 끝에 떠오르는

오오, 불쌍한 마틸드,
내 목걸이는 가짜였어!

마틸드도 있을라구.
나는 마땅히 치를 것을 치러야 할 뿐.
빚을 담보로, 비장하고 의연하게!

그런데…… 그렇더라도…… 그러니까 말이에요.
오오, 마틸드, 내 목고리는 진짜예요!

무어니무어니 해도
나를 미치게 하는 건
이 목고리가
참으로 우아하지 못하다는 것.

5
자명한 산책

강

당신이 얼마나 외로운지, 얼마나 괴로운지,
미쳐버리고 싶은지 미쳐지지 않는지*
나한테 토로하지 말라
심장의 벌레에 대해 옷장의 나방에 대해
찬장의 거미줄에 대해 터지는 복장에 대해
나한테 침도 피도 튀기지 말라
인생의 어깃장에 대해 저미는 애간장에 대해
빠개질 것 같은 머리에 대해 치사함에 대해
웃겼고, 웃기고, 웃길 꼴꼴에 대해
차라리 강에 가서 말하라
당신이 직접
강에 가서 말하란 말이다

강가에서는 우리
눈도 마주치지 말자.

*이인성의 소설 제목 '미쳐버리고 싶은, 미쳐지지 않는' 에서 차용.

남산, 11월

단풍 든 나무의 겨드랑이에 햇빛이 있다. 왼편, 오른편.
햇빛은 단풍 든 나무의 앞에 있고 뒤에도 있다.
우듬지에 있고 가슴께에 있고 뿌리께에 있다.
단풍 든 나무의 안과 밖, 이파리들, 속이파리,
사이사이, 다, 햇빛이 쏟아져 들어가 있다.

단풍 든 나무가 문을 활짝 열어젖히고 있다.
단풍 든 나무가 한없이 붉고, 노랗고, 한없이 환하다.
그지없이 맑고 그지없이 순하고 그지없이 따스하다.
단풍 든 나무가 햇빛을 담쑥 안고 있다.
행복에 겨워 찰랑거리며.

싸늘한 바람이 뒤바람이
햇빛을 켠 단풍나무 주위를 쉴새없이 서성인다.
이 벤치 저 벤치에서 남자들이
가랑잎처럼 꼬부리고 잠을 자고 있다.

폭풍 속으로 1

나뭇잎들이, 나뭇가지들이 파르르르 떨며
숨을 들이켠다
색색거리며 할딱거리며, 툭, 금방 끊어질 듯
팽팽히 당겨져, 부풀어, 터질 듯이
파르르르 떨며 흡! 흡!
하늘과 땅의 광막한 사이가
모세관처럼 좁다는 듯 흡! 흡!
흡! 흡! 흡! 거대한, 흡!

노인

75세 이후의 삶이란 인간이 절멸된 세계 속에서
살아가는 것이다
―― 메리 파이퍼

나는 감정의 서민
웬만한 감정은 내게 사치다
연애는 가장 호사스런 사치
처량함과 외로움, 두려움과 적개심은 싸구려이니
실컷 취할 수 있다

나는 행위의 서민
뛰는 것, 춤추는 것, 쌈박질도 않는다
섹스도 않는다
욕설과 입맞춤도 입 안에서 우물거릴 뿐

나는 잠의 서민

나는 모든 소리가 그치기를 기다린다
변기 물 내리는 소리
화장수 병 뚜껑 닫는 소리
슬리퍼 끄는 소리
잠에 겨운 소곤거림
소리가 그친 뒤 보청기를 빼면
까치가 깍깍 우짖는다

나는 기억의 서민
나는 욕망의 서민
나는 生의 서민

나는 이미 흔적일 뿐
내가 나의 흔적인데
나는 흔적의 서민
흔적 없이 살아가다가
흔적 없이 사라지리라.

사닥다리

봄이 되면
땅바닥에 누워 있는 사닥다리를 세우겠네
은빛 사닥다리,
은빛 사닥다리를 타고
지붕 위에 오르겠네
사닥다리, 뼈로만 이루어진 사닥다리
한 디딤마다 내 발은 후들후들 떨겠네
내 손은 악착같이 사닥다리를 쥐겠네
사닥다리, 발이 손을 따르는 사닥다리

구름이 사닥다리를 타고 올라오네
대추나무가 사닥다리를 타고 올라오네
종달새가 사닥다리를 타고 올라오네
돌멩이가 사닥다리를 타고 올라오네
땅바닥이 사닥다리를 타고 올라오네
내 사랑이 아슬아슬 사닥다리를 타고 올라오네

봄이 되면
땅바닥은 누워 있는 사닥다리를 세우네.

움찔, 아찔

햇볕에 따끈하게 데워진
쓰레기 봉투를 열자마자
나는 움찔 물러섰다
낱낱이 몸을 트는 꽃잎들
부패한 생선 대가리에 핀
한 숭어리의 흰 국화

그들은 녹갈색과 황갈색의 진득거림을
말끔히 빨아먹고
흰 천국을 피워냈다
싸아한 정화의 냄새를 풍기며

나는 미친 듯이 에프킬라를 뿌려대고
한 천국을 지옥으로 만들고
지옥을 봉했다
그들을 그들이 태어난
진득거림으로 돌려보냈다.

코끼리

동춘 서커스단에는
얼어 죽은 코끼리의 박제가 있다고 한다
아주 오래 전 추운 봄날
수원에서 본 그 늙은 코끼리일까?
차가운 햇볕 속에서
낡은 천막처럼 펄럭였었다
그 잿빛 주름살의 고드름
주렁주렁 추위를 매달고······
오래도록 안부가 궁금했었다.

시詩

우리에게 시가 사치라면 우리가 누린 물질의
사치는 시가 아니었을까
——박완서

프라다, 카르티에, 지방시, 구찌
아르마니, 베르사체, 이브생로랑
그 외 내가 계보도 모르고
유행도 모르고 가치도 모르고
이름조차 모르는 그녀의 시들
그녀의 시들, 그녀를
허황되고도 아름답게 보이게 하네
백화점 명품관은 그녀의 시집
때때로 그녀는 삶을 고양시키려
그곳을 기웃거리네
장미 향수 시의 향기를 주위에 흩뿌리며 유유히
그러나 속곳까지 시로 무장하고

매처럼 그녀의 눈
아무것도 놓치지 않네
허황되고도 아름다운 그녀
그녀의 머리는 시로 가득하네.

가을밤 1

습기를 전해 주던 바람이 습기를 거둬 간다
앞서거니 뒤서거니 단풍 드는 나무들
앞서거니 뒤서거니 떨어질 나뭇잎들
앞서거니 뒤서거니 늙어갈 친구들과 나

소슬바람에 가팔라진 가슴
베어 물 듯 귀뚜라미 울고
홀로, 슬며시, 어둡게
온 생이 어질어질 기울어지는
벼랑 같은
밤.

가을밤 2

귀뚜라미는 만물이 쓸쓸해하는 가을밤 속을
씩씩하고 우렁찬 노랫소리로 가득 채운다
뭐가 쓸쓸해? 뭐가 쓸쓸해? 뭐가?!뭐가?!뭐가?!
귀뚜라미 소리가
명랑한 소름처럼 돋는 밤.

자명한 산책

아무도 소유권을 주장하지 않는
금빛 넘치는 금빛 낙엽들
햇살 속에서 그 거죽이
살랑거리며 말라가는
금빛 낙엽들을 거침없이
즈려도 밟고 차며 걷는다

만약 숲 속이라면
독충이나 웅덩이라도 숨어 있지 않을까 조심할 텐데

여기는 내게 자명한 세계
낙엽 더미 아래는 단단한, 보도블록

보도블록과 나 사이에서
자명하고도 자명할 뿐인 금빛 낙엽들

나는 자명함을
픽! 픽! 걷어차며 걷는다

내 발바닥 아래
누군가가 발바닥을
맞대고 걷는 듯하다.

나비

'오! 놀라게 된다, 나비를 보면
나비는 그토록이나 항상
홀연히 솟아난 것만 같다
꽃이면 꽃, 돌이면 돌,
땅바닥, 풀잎 끝, 쓰레기 봉투,
노란 셀로판지 같은 햇발 한가운데
내가 막 나비를 본
바로 거기에서

나비는 항상 아주 먼 데서 온 것만 같다
꽃이면 꽃, 돌이면 돌, 땅바닥, 풀잎 끝,
쓰레기 봉투, 바람 속 노란 셀로판지 같은
햇발 한가운데
내가 막 나비를 본
바로 거기를 통해

나비는 항상 촛불처럼
숨을 고르고 있다.

아, 해가 나를

한 꼬마가 아이스케키를 쭉쭉 빨면서
땡볕 속을 걸어온다
두 뺨이 햇볕을 쭉쭉 빨아먹는다
팔과 종아리가 햇볕을 쭉쭉 빨아먹는다
송사리떼처럼 햇볕을 쪼아먹으려 솟구치는 피톨들
살갗이 탱탱하다
전엔 나도 햇볕을
쭉쭉 빨아먹었지
단내로 터질 듯한 햇볕을

지금은 해가 나를 빨아먹네.

6
리스본行 야간열차

여름 저녁

조금쯤 서늘한 바람이 불고 있을 듯한
먼 하늘에
태양이 벗어놓은 허물
둥실 떠 있다
조금쯤 바람 빠진 듯
맥없이 부푼 주홍빛 풍선
맥놀이 퍼지는 하늘

"그래, 이대로 이렇게 사는 거지, 뭐!"
버럭 중얼거리며
어리둥절하다
뭘?
몰라, 가슴 쓰리다.

지붕 위에서

기와 지붕, 슬레이트 지붕, 콘크리트 지붕, 천막으로 덮
인 지붕,
굽이굽이 지붕들의 구릉과 평원을 굽어본다
지붕들이 품고 있을 크레바스와 동굴들, 겹과 틈까지
샅샅이 굽어본다
와우, 저 지붕을 쫘아악 펼치면
지상을 몇 번이나 덮을까? 견적을 뽑는데
은빛 천막 위에서 몸을 쭉 뻗고
일광욕을 즐기던 고양이가 예감이 이상한 듯
고개를 들어 둘러보다 나를 향해 얼굴을 멈춘다
심기가 불편한 모양이다
걱정 마시라, 네 영역을 공유하기에
내 몸은 너무 무거우니까
저 空中空間의 활용자인 고양이들
고양이의 몸 안에서 뻗치는 기운이
고양이를 위로위로 올려 보내서

광활한 이 영토를 발견하게 했으리라

아드레날린 중독자인 고양이들이여

기울어진 지붕, 흔들거리는 처마,

말하자면 기우뚱함에, 그리고 지붕과 지붕 사이의 허

공에

너희는 환장을 하지

그래서 마치 지붕들이 고양이를 낳는듯

불쑥불쑥 고양이가 지붕 위로 솟는 것이다

뒤안길도 사라진 이 도시에서

지붕 위의 뒤안길, 말하자면 위안길에

살풋 호흡을 얹어본다.

파두
──리스본行 야간열차

잠이 걷히고
나는 서서히
부풀어 올랐다
어떤
암울한 선율이
방울방울
內分泌됐다
공기가 으슬으슬했다
눈을 들어 창밖을 보니
한층 더 으슬으슬하고 축축한
어둠이었다

끝없이 구불거리고 덜컹거리는
産道를 따라
구불텅구불텅
덜컹덜컹

미끄러지면서

(이 파두, 숙명에는 기쁨이 없다.)

나는 점점 더
부풀어 올라
탱탱해졌다
오줌으로 가득 찬
방광처럼.

가을날

눈을 꼭 감고
"난 몰라, 이게 뭐예요!"
울려는 듯 비죽거리는
입을 뾰로통히 꼭 다물고
앞뒤 양다리를 뻣뻣이 모으고
옆으로 누워 있었다

새벽이면 쓰레기봉투를 거둬가는 곳 근처에서
우두커니 내려다보았던 어린 고양이

어디를 찾아봐도 보이지 않음으로
여름이 가버린 걸 알 수 있듯
아, 그렇게
죽음이 시체를 남기지 않았으면 좋겠다
애도 속에서 질겨지는 시체들을.

란아, 내 고양이였던

나는 네가 어디서 오는지 몰랐지
항상 홀연히
너는 나타났지
주위에 아무도 없는 시간
그 무엇도 누구의 것이 아닌 시간
셋집 옥상 위를 서성이면
내 마음속에서인 듯
달 언저리에서인 듯
반 토막 작은 울음소리와 함께
네가 나타났지

너는 오직 나를 위해서인 듯 밥을 먹었지
네 밥은 사기그릇에서 방울 소리를 냈지
그리고 너는 물을 조금 핥았지
오직 나를 위해서인 듯
너는 모래상자를 사용했지

너를 붙잡아두고 싶었지만
그럴 수 없었지
너는 작은 토막 울음소리를 내며
순식간 몸을 감췄지
숨바꼭질을 하며 졸음은 쏟아지고
잠은 오지 않았지

그건 동트기 전이었지
우연히 나는 보았지
두 지붕 너머 긴 담장 위로
고단한 밤처럼 네가 걷는 것을
그 담장에는 접근 금지 경고판이 붙어 있지
너는 잠깐 멈춰
내 쪽을 흘깃 보았지
잠깐 비칠거리는 듯도 보였지
너는 너무도 고적해 보였지

오, 그러나 기하학을 구현하는 내 고양이의 몸이여

마저 사뿐히 직선을 긋고

담장이 꺾이는 곳에서

너는 순식간 소실됐지

그 순간 사방에서 매미들이 울어댔지

그 순간 날이 훤해졌지

그 순간 눈물이 솟구쳤지

너는 넘어가버렸지

나를 초대할 수 없는 곳

머나먼 거기서 너는 오는 거지

너는 너무도 고적해 보였지

나는 너무도 고적했지

지하철에서

예순 다 돼 뵈는 여자와 서너 살 아래로 뵈는 여자가 나
란히 앉아 있다
두 사람 다 양손을 무릎 위 커다란 가방에 얹었다
살짝 비뚜름 문신을 한 눈썹 아래
꼬마눈사람처럼 말간 눈동자들
—언니,
서너 살 아래로 뵈는 여자가 꿈꾸듯 입을 연다
—다시 태어날 수 있다면, 남자는 싫어. 그냥 여자로 태
어나는데, 엄마 아버지는 둘 다 꼭 있어야 돼. 그리고 건
강하고, 예쁘고, 매력 있고, 능력 있고, 머리 좋고 성격 좋
고,
—다 원하는구나, 다 원해. 그렇게 전부 갖추기가 어디
쉽냐?
예순이 다 돼 뵈는 여자가 하품을 깨물며 대꾸한다
—아니, 돈은 그렇게 많지 않아도 돼.
서너 살 아래로 뵈는 여자가 항의한다

—그렇게 다 갖추면 돈도 절로 따르게 되지.
—그런가?
어둠이 씽씽 지나가는 차창에
깔깔 웃는 두 여자가 바르르 떨며 비친다

르네 마그리트

시든 국화 한 다발,
낙엽 위를 구르던
지난 가을의 빗소리,
너는 항상
모든 걸 알고 있었지
(눈물이 나네)

묘지 사무소 관리비 독촉장,
공지 사항 알림장,
나뭇잎 두세 장,
바짝 마른
풍뎅이 한 마리,

묘비 옆 우편함.

집 1

이사 온 날
하얀 벽지로 꾸민 팽팽한 방
천장도 벽도 그늘 한 점 없이 환했다
한 달이 지나 한쪽 벽
천장에서 방바닥까지
길게 금 하나 생겼지
또 한 달이 지나니
창틀 모서리에서 금 하나 또 기어나와
신발장 뒤로 숨어들었다
벌어진 틈으로 시멘트가
바싹 마른 맨살을 드러냈다
뭐, 이쯤이야

날이면 날마다 벽과 천장이
올록볼록 울퉁불퉁
벽지 안쪽 사정을 조잘조잘 실토하고

그래도 뭐, 나는 태평했는데

온종일 비 쏟아진 뒤
천장에 갈색 점 하나
멍처럼 번진다
둘, 셋, 넷, 다섯
수심처럼 번진다

벽지 너머에서
커다란 비밀이 발꿈치를 들고
젖은 발을 딛고 있는 듯
다섯 개의 둥그스름한 얼룩이여

조마조마 지켜보는데
그대로 뚝 멈춰 있다
뭐, 뭐, 저쯤이야

비가 전혀 새지 않는 집은
살아 있는 집이라 할 수 없다네.*

* 건축가 조건영 선생의 말씀.

고양이를 부탁해

“아 미치겠다…… 너는 또 누구냐?”
──천사언니*

비 막 그치고
맑게 씻긴 장독대 항아리,
그 뒤에 항아리 같은 눈망울,
고양이입니다.
도둑고양이, 길고양이, 골목고양이,
노숙묘라고도 하지요.
‘커다란 고양이와 어린 고양이가
말라비틀어진 닭 뼈다귀를 두고
사투를 벌이는 곳’ **에서 삽니다.
어떤 사람은 침을 뱉고 발로 찹니다.
시끄럽다, 더럽다, 무섭다 합니다.
(생각해보세요, 어느 편이 진짜 그런지)
굶주린 고양이한테 약 섞은 밥을 줍니다.

엄마고양이를 쫓아버리고, 갓 태어난 새끼고양이들을
쥐 잡는 끈끈이로 둘둘 말아 내버리기도 합니다.
그런 사람들이 너무너무 많고 많아
"아, 미치겠다…… 너는 또 누구냐?"
돌봐야 할 고양이가 또 보이면
천사언니는 반갑고도 힘겨워 탄식합니다.
잔인하고 무정한 이 거리에서
구사일생으로 살아가는 고양이들.

고양이들이 사라진 동네는
사람의 영혼이 텅 빈 동네입니다.
이만저만 조용한 게 아니겠지요.
그러면, 좋을까요?

* 인터넷 카페 〈고양이라서 다행이야〉 회원.
** 위 카페의 한 게시글에서.

고양이의 영혼으로 살아간다는 것

박 혜 경

1. 란, 머나먼 거기서 오는

　고양이에 대해 말해야겠다. 인간의 필요에 의해 인간과 함께 살기 시작했으나 인간의 또다른 필요에 의해 버려진 고양이에 대해. 버려진 고양이들은 버려졌으므로 주인이 없다. 주인이 없으니 구속도 없다. 구속에서 벗어난 고양이들은 비로소 자유로워진 걸까? 구속으로 가득 찬 인간의 도시에서 자신의 힘으로 생명을 지탱해야 하는 절박한 야생의 본능, 그것이 구속으로부터 벗어난 고양이들에게 새로운 구속으로 주어졌다. 여전히 고양이들의 주인은 인간인 것이다.

　황인숙 시인은 오래 전부터 집 근처의 버려진 길고양이들을 돌보고 있다. 길고양이들은 야생의 삶으로 온전히 돌아가지도, 인간의 마을에 속하지도 못하는 어두운 틈새의 공간에 서식한다. 아니, 어쩌면 고양이라는 생명체 자체가 인간에 의해 온전히 길들여질 수 없는 잉여의 야생성을 지닌 존재라고 해야 하지 않을까? 인간에 의해 애완동물로 길들여진 후에도 고양이들은 인간에게서 멀찍이 떨어져 있는, 좀처럼 친해지기 힘든 동물이라는 느낌을 준다. 몸 속에 태생적인 유연함을 지닌 그들은 인간이 그들에게 붙여준 도둑고양이라는 명칭대로 인간이 쌓아올린 담장들 위를 도둑들마냥 가볍게 넘나들며 사물의 표면 위를 재빨리 옮겨다닌다. 시인은 이런 고양이에 대해 다음과 같이 노래한다.

이 다음에 나는 고양이로 태어나리라.
윤기 잘잘 흐르는 까망 얼룩 고양이로
태어나리라.
(……)
가시덤불 속을 누벼누벼
너른 벌판으로 나가리라.
거기서 들쥐와 뛰어놀리라.
(……)

들쥐도 참새도 가버리고
어두운 벌판에 홀로 남겠지.
나는 돌아가지 않으리라.
어둠을 핥으며 낟가리를 찾으리라.

        ── 「나는 고양이로 태어나리라」 중에서

그건 동트기 전이었지
우연히 나는 보았지
두 지붕 너머 긴 담장 위로
고단한 밤처럼 네가 걷는 것을
그 담장에는 접근 금지 경고판이 붙어 있지
너는 잠깐 멈춰
내 쪽을 흘깃 보았지
(……)
오, 그러나 기하학을 구현하는 내 고양이의 몸이여
마저 사뿐히 직선을 긋고
담장이 꺾이는 곳에서
너는 순식간 소실됐지
그 순간 사방에서 매미들이 울어댔지
그 순간 날이 훤해졌지

그 순간 눈물이 솟구쳤지
너는 넘어가버렸지
나를 초대할 수 없는 곳
머나먼 거기서 너는 오는 거지
너는 너무도 고적해보였지
나는 너무도 고적했지.

———「란아, 내 고양이였던」 중에서

첫 시는 1988년에 발간된 첫 시집에 수록된 시고, 두 번째 시는 2007년에 발간된 여섯 번째 시집에 수록된 시이니 두 시 사이에 20년 가까운 시간의 격차가 있는 셈이다. 이것은 고양이라는 소재가 시인의 마음속에서 꽤 오랫동안 매혹적인 심상으로 자리잡아왔음을 보여준다. 첫 번째 시에서 고양이는 시인이 꿈꾸는 자유로운 삶의 표상처럼 등장한다. '나는 고양이로 태어나리라' 라는 말 앞에 '이 다음에'가 붙어 있으니, 이 시를 노래하는 시인의 현재는 그다지 자유롭고 행복하지 않은 모양이다. 그러나 야생동물들과 함께 벌판에서 자유롭게 뛰어노는 고양이의 삶을 꿈꾸는 이 시의 문장들에는 별다른 슬픔의 기운이 묻어 있지 않다. '나는 고양이로 태어나리라' 라는 다소간 도발적으로 느껴지는 선언 또한 현재에 대한 부정보다 미래에 대한 긍정적 확신으로 충만해 있다는 인상을 준다. 시인이 "거센 바람과 함께 찬비가/ 빈 벌판을 쏘다닐지도 모르지./ 그래도 난 털끝 하나 적시지 않을 걸./ 나는 꿈을 꾸리라./ 놓친 참새를 쫓아/ 밝은 들판을 내닫는 꿈을."이라고 말할 때, 시인은 자신이 고양이가 되어 누릴, 어떤 현실도 장애가 되지 않을 미래에 대한 황홀한 꿈으로 한껏 부풀어 있다. 그 황홀함이 너무 큰 나머지 고양이의 삶을 꿈꾸게 한 현실의 곤궁함은 시의 바깥으로 멀찍이 밀려나 있다. 어느 편인가 하면, 이 시에서 시종일관 '~리라'나 '~겠지'라는 종결어미로 이어지는 미래형 문장들은 시인의 현실이 시의 내부로 침투하지 못하도록 시인의 꿈을 단단하게 밀봉해놓고 있다는 느낌마저 갖게 된다.

그러나 꿈꾸는 순간의 황홀함에도 불구하고 현실은 어쩔 수 없이 시의 내부로 침투해 들어온다. 두 번째 시에서 눈앞에 있다가도 눈 깜짝할 사이에 어딘가로 홀연히 종적을 감춰버리는 고양이, 인간이 정해놓은 접근 금지 경고판을 순식간에 넘어가버리는 고양이는 들쥐나 참새들과 함께 들판에서 뛰어노는 고양이의 삶이 아닌, 바로

155

인간으로부터 버려진, 그럼에도 불구하고 인간의 세계 안에서 살아가는 고양이의 또 다른 삶을 보여준다. 시인은 버려진 고양이에게 자신의 밥을 나눠주고 '란'이라는 이름을 붙여주며, 란이 인간이 속해 있는 세계와는 다른 "머나먼 거기서 오는 고양이"라고 상상한다. 시인은 자신이 돌보는 란에게서 자신과 같은 과에 속하는 머나먼 종족의 냄새를 맡고 있는 것일까?

그러나 접근 금지 경고판 너머로 홀연히 사라져 버린 고양이들은 인간의 마을을 떠날 수 없는 시인에게, 말 그대로 접근 불가능한 세계에 속해 있는 존재일 뿐이다. 이런 의미에서 담장 위에 붙여진 접근 금지 경고판이란 시인과 고양이 사이에 놓인 도달할 수 없는 거리를 암시하는 슬픈 표식인지도 모른다. 인간의 세계에도 고양이의 세계에도 온전히 속하지 못하는 시인은 인간의 접근을 온전히 거부하지도 허용하지도 않는 고양이에게서 자신과 동류인 운명의 모습을 보게 된 것일까? 그래서 매미들이 울어대고 날이 훤해지고 눈물이 솟구치는 란의 황홀한 월경越境의 순간을 지켜보며 시인은 고적감 속에서 란과 공동운명체인 자신의 더없이 슬픈 운명을 예감하는 것일까?

『나의 침울한, 소중한 이여』 시집 뒷표지 글에서 시인은 자신이 시를 쓰는 이유에 대해 "나른한, 미약한, 〈고양이가 가짐직한 존재감〉"이라는 말로 답하고 있다. 그녀는 그 말에 뒤이어 "무경험이 내 경험이며 무철학이 내 철학이라고 우스개로 우겨온 궤변"이라는 말을 덧붙인다. '무경험이 내 경험이라는 것', 그것은 내게 경험이 없음을 뜻하는 말이 아니라 경험을 해도 경험을 한 자리가 없다는 말로 들린다. 철학이 사유행위를 의미하는 것이라면 '무철학이 내 철학'이라는 말이 지시하는 것 또한 사유를 해도 사유의 흔적이 남지 않는다는 의미일 것이다. 우리가 기억하는 경험이란 사실 경험의 순간이 지나간 후, 경험에 대해 반추하는 시간 속에 존재하는 것이 아닌가? 생각 또한 생각에 대해 생각하는 사후의 인지가 뒤따르지 않는다면 시간의 흐름과 더불어 가뭇없이 흩어져 가버릴 것이다. 그러니 경험의 순간 경험의 자리를 떠나고, 사유의 순간 사유가 휘발되어 날아가는 자유로운 영혼이야말로 중력의 표면 위를 가볍게 옮겨다니는 고양이의 저 홀연한 몸놀림을 닮아 있는 것인지도 모른다.

　시인이 자신의 삶과 시를 향해 〈고양이가 가짐직한 존재감〉이란 표현을 사용할 때, 시인이 염두에 두고 있는 것은 존재의 최소한의 질량, 혹은 무게일 것이다. 시인은 또한 "내 정신은 너무 게으르다"라고 말한다. 고양이의 나른함, 미약함이 그러하듯, 더없이 게으른 정신으로 인간의 마을 속에서 '간신히 존재함'의 형식으로 살아간다는 것, 그것은 '무경험이 내 경험이며, 무철학이 내 철학'이라는 시인의 말이 지닌 의미와 다르지 않을 것이다. 움직임의 순간에는 더없이 재빠르고 민첩하지만, 움직임에서 빠져나온 순간에는 더없이 무심하고 나른한 고양이의 모습을 상기해보라. 〈고양이가 가짐직한 존재감〉이란 이처럼 존재하지 않는 듯 존재하는 상태를 의미할 것이다. 그러니 "〈고양이가 가짐직한 존재감〉을, '고작'이라고 말할 수가 나는 없다는 것"이라고 시인이 말하듯, 이러한 존재의 형식에 대해 어찌 '고작'이라고 말할 수 있겠는가? 어쩌면 그것은 우리가 꿈꾸는 존재의 최선의 형식인 것을!

2. 세상의 사물들은 텅 텅 소리를 낸다

오랫동안 황인숙의 시들은 내 마음속에 발랄함과 경쾌

158

함의 아이콘으로 자리잡아왔다. 이를테면 "벌판을 뒤흔
드는/ 저 바람 속에 뛰어들면/ 가슴 위까지 치솟아오르네
/ 스커트 자락의 상쾌!"(「바람 부는 날이면」)와 같은 시에서
느껴지는 경쾌하게 솟구치는 희열감 같은 것 말이다. 황
인숙의 시에서 이러한 희열감은 종종 시인의 몸, 혹은 사
물들의 몸에서 흘러나오는 약동하는 소리들을 수반한다.

후, 후, 후, 후! 하, 하, 하, 하!
후, 후, 후, 후! 하, 하, 하, 하!
후, 하! 후, 하! 후하! 후하! 후하! 후하!

땅바닥이 뛴다, 나무가 뛴다,
햇빛이 뛴다, 버스가 뛴다, 바람이 뛴다.
창문이 뛴다. 비둘기가 뛴다.
머리가 뛴다.
──「조깅」 중에서

플라타너스를 손바닥으로 두드리면
내 손바닥이
텅. 텅. 텅. 울린다.

텅. 텅. 텅. 텅. 텅.

텅. 텅. 텅.

검은 맨드라미. 노란 금잔화, 쓰러진 화단 옆을

텅텅거리며 걷는다.

───「산책」중에서

첫 번째 시에서 조깅하는 시인의 몸은 하나의 거대한
소리통이다. 시인은 지금 격렬한 들숨과 날숨을 통해 온
몸으로 세계를 들이마시고 토해낸다. 이 순간 시인의 몸
속에는 생각이 정지되고 순수한 생명의 호흡만이 남는
다. 세계가 시인의 몸 속을 들고나는 순간, 뛰고 있는 것
은 시인만이 아니다. 세상만물 또한 시인과 더불어 희열
에 넘치는 하나의 생명체로 약동한다. 두 번째 시에서 시
인은 잠들어 있는 사물들의 소리를 일깨우며 사물들과의
활기에 넘치는 교감을 시도한다. 시인의 손바닥이 사물
들을 두드리면 사물들은 마치 시인의 부름에 응답이라도
하듯 '텅 텅 텅 텅' 소리를 낸다. 이 소리는 사물들이 내
지르는 사물들의 말이다. 이런 식으로 시인은 가로등을,
쓰레기통을, 오토바이를, 보도블록을 두드린다. 그러자
하늘의 "달도 공중에서 텅텅거린다". 마침내 세상은 텅

텅거리는 사물들의 경쾌한 소리들로 가득 찬다. 시인은 불감증에 빠진 이 시대를 일깨우려는 듯 약동하는 생명의 소리들로 자신의 시를 풍선처럼 팽팽히 부풀린다. 시인은 지금 한껏 젊고 sexual해져 있다. "나는 젊고, 나는 sexual하다./ 보라! 취할 수 있는 쾌락을 찾는/ 내 눈이 바늘 끝 같지 않은가!// 나는 그대와의 사랑을/ 원하고, 원하고, 원하노라"(『우리 세대의 불감증』)라는 시인의 말대로, 시인은 지금 가장 젊고 sexual한 몸으로 세상 만물과 황홀한 관능적 사랑을 나누고 있는 것이다.

시인은 무엇보다 말을 통해 세상을 꿈꾸고 노래하는 사람이다. 바늘 끝처럼 날카로운 눈으로 취할 수 있는 쾌락을 찾아 헤매는 시인은 불감증에 빠진 세상뿐 아니라 불감증에 빠진 말과도 관능적인 사랑의 순간을 꿈꾼다.

기분 좋은 말을 생각해보자.

파랗다. 하얗다. 깨끗하다. 싱그럽다.

신선하다. 짜릿하다. 후련하다.

기분 좋은 말을 소리내보자.

시원하다. 달콤하다. 아늑하다. 아이스크림.

얼음. 바람. 아아아. 사랑하는. 소중한. 달린다.

비!

머릿속에 가득 기분 좋은

느낌표를 밟아보자.

느낌표들을 밟아보자. 만져보자, 핥아보자.

깨물어보자. 맞아보자. 터뜨려보자!

　　　　　　　　──「말의 힘」전문

　이 시에서 시인에게 말은 더 이상 의미의 그릇이 아니
다. 그것은 영혼의 그릇이고 감각의 그릇이다. 마음속에
떠올리는 순간 마치 살아 있는 생명체처럼 생생한 감각
적 쾌감을 불러일으키는 말들. 시인이 꿈꾸는 것은 바로
그런 말들이다. 이를테면 "비!"라는 말을 소리내서 발음
해보라! 순간 우리 영혼을 기분 좋은 느낌표로 가득 채워
주는 것은 말의 의미가 아닌 말의 순수한 어감, 혹은 존재
감이 아닌가? 이런 의미에서 말들은 시인이 손바닥으로
내리치는 순간 텅텅 소리내며 반응하는 세상의 사물들과
다를 바 없다. 마치 연인과 사랑을 나누듯 시인은 말들과
의 열렬한 연애를 꿈꾼다. 시인은 관능적 쾌락을 갈망하
는 연인들처럼, 머리가 아닌 몸의 감각기관을 총동원해
서 말들을 만지고 핥고 깨물고 터뜨린다. 이처럼 말이 의

미의 굴레를 벗어던지고 몸의 감각기관을 통해 순수한 물질성으로 지각되는 순간이야말로 시인이 말을 통해 꿈꾸는 최고의 관능적 순간이 아닐까? 어쩌면 이것은 말이 존재하지 않는 듯 존재하는, 예의 〈고양이가 가짐직한 존재감〉의 상태에 이르게 되는 순간과 다르지 않을 것이다. 인간과 말, 혹은 인간과 사물이 강렬한 감각적 쾌감 안에서 하나로 겹쳐지는 관능적 도취의 순간이야말로 모든 것이 찰나의 경험 속에 휘발되며 더할 나위 없이 가볍고 순수한 존재의 질량에 이르게 되는 순간일 테니 말이다. 다음의 시 역시도 대상 속으로 스미고 싶은 시인의 열렬한 사랑의 외침을 들려준다.

나는 신나게 날아가.
유리창을 열어둬.
네 이마에 부딪힐 거야.
네 눈썹에 부딪힐 거야.
너를 흠뻑 적실 거야.
유리창을 열어둬.
비가 온다구!

비가 온다구!

나의 소중한 이여.

나의 침울한, 소중한 이여.

　　　　　─ 「나의 침울한, 소중한 이여」 중에서

　시인은 이 시에서 "비!"라고 말하는 대신, 스스로 "날
개 달린 빗방울이 되"어 너에게로 스며들려 한다. 시인은
너를 향해 "유리창을 열어둬"라고 외치며 빗방울처럼 신
나게 날아가 너와 나를 가로막는 유리창을 넘어 너의 이
마를, 눈썹을 흠뻑 적시고자 한다. 그러나 이 시에서 나의
"침울한, 소중한 이"를 향해 외치는 시인의 말은 이전의
시들만큼 경쾌하거나 발랄하다는 느낌을 주지 않는다.
마지막 줄에서 툭 불거져 나오는 '침울한'이라는 형용사
가 주는 그야말로 침울한 느낌 때문일까? "네게 말할 게
생겨서 기뻐. 비가 온다구!"라는 시인의 들뜬 외침에도
불구하고, 그 외침은 앞의 시들이 보여주던 약동하는 경
쾌함 대신 왠지 침울한 연인을 위로하기 위해 짐짓 나의
발랄함을 과장해 보이는 쓸쓸함으로 다가온다. 아무리
"비가 온다구!"라고 외쳐도 그 들뜬 외침이 서로에게 스
며들 수 없는 공허한 메아리처럼 들리는 세계. 너와 나

사이를 가로막는 보이지 않는 유리창들. 어쩌면 이것이 야말로 들판에서 자유롭게 뛰어노는 야생의 고양이를 꿈 꾸던 세계에서 버려진 고양이의 고적한 운명과 대면해야 하는 현실 속으로 되돌아온 순간, 우리가 만나게 되는 너무나 자명한 세계의 모습이 아닐까? 황인숙의 언어들이 지닌 특유의 경쾌함에도 불구하고 우리가 그녀의 시에서 더 자주 접하게 되는 것은 사실 이 자명한 세계의 모습이다. 이제 그 세계로 들어갈 차례다.

3. 자명한 세계의 산책

잠들어 있는 세계의 사물들을 텅텅 두드리며 약동하는 호흡을 뿜어내던 시인은 이제 모든 게 자명해진 세계의 산책자가 된다. 시인의 그 산책길을 따라가 보자.

아무도 소유권을 주장하지 않는
금빛 넘치는 금빛 낙엽들
햇살 속에서 그 거죽이
살랑거리며 말라가는

금빛 낙엽들을 거침없이
즈려도 밟고 차며 걷는다

만약 숲 속이라면
독충이나 웅덩이라도 숨어 있지 않을까 조심할 텐데

여기는 내게 자명한 세계
낙엽 더미 아래는 단단한, 보도블록

──「자명한 산책」중에서

　시인은 금빛 낙엽이 깔린 단단한 보도블록 위를 걷는
다. 그 길은 어디에 독충이나 웅덩이라도 숨겨두고 있지
않을까 긴장할 필요가 전혀 없는 자명한 길이다. 찬란한
금빛을 뿜어내는 낙엽들은 지천에 깔려 있어 누구도 그
소유권을 주장하지 않는다. 누구도 소유하려 들지 않기
에 무심히 버려져 있는 낙엽들은 금빛을 잃고 점차 거죽
이 말라들어간다. 시인은 생의 긴장과 생기를 잃어버린
그 길에서 "자명함을 퍽! 퍽! 걷어차며 걷는다." 자신이
할 수 있는 유일한 일은 고작 이것뿐이라는 듯. 시인은
자신의 방에서도 자명한 세상과 조우한다. 책상서랍에

서, 벽에서, 화장대에서 그녀는 "더 이상 볼펜이 아닌 볼펜/ 더 이상 달력이 아닌 달력/ 더 이상 편지가 아닌 편지/ 더 이상 건전지가 아닌/ 건전지"(「더 이상 세계가 없는」)와 만나고 "더 이상 향기가 아닌 향기를 풍기며/ 목까지 죽이 되어/ 그러나 얼굴은 극단의 건조를 보이"는 병 속의 꽃들을 본다. 그리고 마침내 시인은 "뿌옇게 버캐진 거울"에 비친 방을 바라보는 자신의 모습을 영정처럼 낯설게 바라본다.

이제 시인은 더 이상 자신을 젊고 sexual하다고 느끼지 않는다. "말의 초록물"을 잃어버린 시인은 "홀연 뼈다귀처럼/ 인적 없는 바람 속에 던져진다"(「거대한 아가리」). 시인은 또한 더 이상 젊지 않은 자신을 "전엔 나도 햇볕을/ 쭉쭉 빨아먹었지/ 단내로 터질 듯한 햇볕을// 지금은 해가 나를 빨아먹네."(「아, 해가 나를」)라는 문장으로 표현하기도 한다. 자명한 세계, 그 세계는 "더 이상 추억을 지어내지 못할 죽은 새의 둥지"(「11월」)와, "얼어 죽은 코끼리의 박제"(「코끼리」)와, "한없이 붉고, 노랗고, 한없이 환"한 단풍나무 아래의 벤치들에서 "남자들이 가랑잎처럼 꼬부리고 잠을 자고 있"(「남산, 11월」)는 세계이다. 말은 초록물을 잃고 관능은 불타오르지 않고, "미쳐버리고 싶은"

사람들은 더 이상 "미쳐지지 않는"다. 다만 서로를 향해 자신이 얼마나 외로운지, 얼마나 괴로운지 "인생의 어깃장에 대해 저미는 애간장에 대해 빠개질 것 같은 머리에 대해 치사함에 대해"(「강」) 침 튀기며 하소연할 뿐이다. 그리고는 마침내 "쓸쓸/ 쓸쓸함이/ 전화선을 타고 오간다."(「혼선—바람 속의 침상」) 느낌표가 사라진 세계. 더 이상 관계가 아닌 관계들. 철새처럼 스쳐가는 만남들. 그 위로 흘러넘치는 쓸쓸, 쓸쓸, 쓸쓸함들.

우리는 철새처럼 만났다.
무관심의 빵조각이 퉁퉁 불어 떠다니는
어딘지 알 수 없는 음습한 호수에서.
자기 자신이 누군지도 모르고,
우리는 철새처럼.

플라타너스야, 너도 때로 구역질을 하니?
가령 너는 무슨 추억을 갖고 있니?
나는 내가 추억을 구걸했던 추억밖에 갖고 있지 않다.

— 「우리는 철새처럼 만났다」 중에서

철새처럼 만나고 헤어지는 우리 사이에 놓인 건 퉁퉁불은 무관심의 빵조각들뿐이다. 우리는 이제 자신이 누군지도 모른다. 순간의 강렬함 속에서 휘발되던 경험의 현재 대신 우리에게 남은 건 이미 사라져 버린 과거의 경험을 되씹고 곱씹으며 추억을 구걸하는 추억의 시간뿐. 이를테면 진짜인 줄 알았던 가짜 목걸이를 위해 자신의 일생을 소진했던 "오오, 불쌍한 마틸드"처럼 말이다.

진주 목걸이는 마틸드에게 빛나는 생의 한순간을 가져다주었지만, 그 대가로 그녀에게서 나머지 생의 전부를 앗아가 버렸다. 그녀가 목에 걸었던 목걸이는 결국 그녀의 목을 걸은 목고리였던 것. 그러니 "오오, 마틸드, 내 목고리는 진짜예요!"(「목고리」)라는 시인의 외침대로, 우리가 가진 진짜란 우리의 목에서 빛나는 자랑스런 진주 목걸이가 아닌, 우리의 목을 질질 끌고 가는 길고 지루한 목고리의 시간에 지나지 않는 것일까? 빛나는 생의 관능으로 충만한 경험의 순간이란 그토록 찰나적인 허상에 불과한 것이란 말일까? 목고리에 이끌려 무관심의 빵조각들 사이를 떠다니는 퉁퉁 불은 삶만이 우리에게 남겨진 유일한 현실이란 것일까? 그리하여 "나의 영혼이/ 나뭇가지를 샅샅이 훑고 다니는/ 바람"(「영혼에 대하여」)이기를 꿈꾸는 시인은 결국 버려진 고양이를 통해 자신의 고적한 운명을 예감할 수밖에 없는 존재란 말인가?

"순수한 영혼과 타락한 현실간의 대립이 환멸"이란 문장을 읽고 "그것이 뭐가 환멸이야? 자랑이지"(「영혼에 대하여」)라고 말하던 시인은 이제 "나는 타락했다./ 내가 아무의 것도 아니고/ 아무것도 아니라는/ 피의 계율을 잊었기 때문에."(「자유로」)라고 말한다. 타락은 현실의 것만이 아니다. "내가 아무의 것도 아니고 아무것도 아니라는 피의 계율"을 잊는 순간, 시인의 영혼 역시 타락의 운명을 피해 갈 수 없다. "내가 아무의 것도 아니고 아무것도 아니라는 피의 계율", 그것은 어쩌면 고양이의 계율인지도 모른다. 자유를 위해 짊어져야 할 그 계율을 잊어버린 순간, 우리의 목에는 진주처럼 빛나는 생의 목걸이 대신, "참으로 우아하지 못"(「목고리」)한 현실의 목고리가 덜컥 채워져 버리게 되는 것인지도 모른다.

아무의 것도 아무것도 아닌 고양이의 피의 계율, 아무의 것도 아무것도 아니기에 순간에서 순간으로 이동하는 고양이의 더할 나위 없이 가벼운 존재의 질량감. 아마도 그것은 우리가 다음의 시에서 만나게 되는 나비의 질량감과 다르지 않을 것이다.

'오! 놀라게 된다, 나비를 보면

　나비는 그토록이나 항상

　홀연히 솟아난 것만 같다

　꽃이면 꽃, 돌이면 돌,

　땅바닥, 풀잎 끝, 쓰레기 봉투,

　노란 셀로판지 같은 햇발 한가운데

　내가 막 나비를 본

　바로 거기에서

　　　　　　　　　── 「나비」 중에서

　언제나 내가 막 나비를 발견한 바로 거기에서 홀연히 솟아난 것만 같은 나비! 오오! 정말로 나비는 항상 그런 식으로 우리에게 발견되지 않는가? 순간에서 순간으로 이동하는 듯한 나비의 홀연한 출현에 대해 시인은 "나비는 항상 아주 먼 데서 온 것만 같다"라고 말한다. 우리는 나비가 오는 곳을 모른다. 나비가 가는 곳도 모른다. 나비는 다만 순간이 빚어낸 공기의 환영처럼 '지금 막'과 '바로 거기'가 겹치는 어느 찰나에서 홀연히 솟아오른다. 존재와 부재 사이의 미세한 틈새에서 출현하는 듯한 나비는 꽃이든 돌이든 땅바닥이든 쓰레기봉투든 가리지 않고 어디에서든 솟아오른다. 마치 아무의 것도 아무것도 아닌, 그래서 모든 것인 세상의 사물들이 한순간 피어 올리는 영혼의 촛불처럼.

다시 고양이에 대해 말해야겠다. 버려진 고양이에 대해. 시인이 자신의 시에서 버려진 고양이인 '란'을 호명했던 것은 아마도 버려진 고양이의 참혹한 현실과 버려지지 않는 고양이의 끈질긴 습성 사이에서 시인 자신의 운명을 보았기 때문일 것이다. 고양이는 인간에게서 버려짐으로써 아무의 것도 아무것도 아닌 원래의 고양이로 되돌아갔다. 그러나 인간은 야생의 습성으로 돌아감으로써 인간의 이름을 잃어버린 고양이들에게 '도둑고양이'라는 새로운 이름을 선포한다. 뿐만 아니라 인간은, 마치 도둑에게는 마땅히 그래야 한다는 듯, 고양이들을 발로 차고 침을 뱉고, 심지어는 "굶주린 고양이한테 약 섞은 밥을" 주거나, "엄마 고양이를 쫓아버리고, 갓 태어난 새끼 고양이들을 쥐잡는 끈끈이로 둘둘 말아 내버려"(「고양이를 부탁해」)는 만행을 저지른다. 인간에 의해 야생의 세계로 추방당한 고양이들이 그들에겐 인간이 누리는 문명

172

의 안락함을 훔쳐갈 그토록이나 불길하고 위협적인 존재로 느껴진 것일까? 시인이 말한 "순수한 영혼과 타락한 현실간의 대립", 그것은 어쩌면 야생의 고양이와 인간의 마을 사이에도 존재하는 것인지 모른다. 순수한 영혼은 자랑도 환멸도 모른다. 그 영혼에는 계산이 없기 때문이다. 고양이의 영혼을 잃어버린 세계, 그것은 아마도 순수와 타락 사이에 놓인 삶의 추가 타락 쪽으로 온전히 기울어져 버린 세계를 의미할 것이다. 그러니 시인의 말처럼, 고양이가 사라진 "잔인하고 무정한" 세계에서는 인간의 영혼인들 어찌 살아갈 수 있겠는가?

고양이들이 사라진 동네는
사람의 영혼이 텅 빈 동네입니다.
이만저만 조용한 게 아니겠지요.
그러면, 좋을까요?

— 「고양이를 부탁해」 중에서

황인숙 시인의 약력

1958년 서울 출생. 서울예대 문창과 졸업.
1984년 《경향신문》 신춘문예로 등단.
동서문학상·김수영문학상 등 수상.
시집 『새는 하늘을 자유롭게 풀어놓고』『슬픔이 나를 깨운다』
『우리는 철새처럼 만났다』『나의 침울한, 소중한 이여』
『자명한 산책』『리스본行 야간열차』 등이 있음.
산문집 『인숙만필』『해방촌 고양이』 등 여러 권이 있음.

꽃사과 꽃이 피었다
황인숙 시선집

초판 1쇄 발행일   2013년 7월 29일
2쇄 발행일   2013년 9월 26일

지은이·황인숙
펴낸이·김종해
펴낸곳·문학세계사
주소·서울시 마포구 신수로 59-1(121-110)
대표전화·702-1800 ｜ 팩시밀리·702-0084
mail@msp21.co.kr ｜ www.msp21.co.kr
트위터 : @munse_books
페이스북 : facebook.com/munsebooks
출판등록·제21-108호(1979.5.16)
값 10,000원
ISBN 978-89-7075-570-0   03810
(c)황인숙, 2013